## Vorwort

Damit man an jedem Tag im Jahr
einen Limerick lesen kann,
beinhaltet der Gedichtband insgesamt
**365** Limericks, **plus 1 Limerick** für Schaltjahre,

**Hier einige Informationen**
**zu Metrik und Herkunft von Limericks**

Limerick ist ein kurzes und in aller Regel scherzhaftes Gedicht.
Hauptmerkmale der Limerick-Metrik sind:
die längeren **Zeilen 1, 2 und 5**,
**mit dem gleichen Reimwort** einerseits
und die kürzeren Zeilen 3 und 4
**mit einem anderen Reimwort** andererseits.
Dies erzeugt den charakteristischen Rhythmus der Gedichtform.

**Beispiel:**

Ein leeres Blatt liegt schon bereit.
damit man Limericks draufschreibt.
Jetzt wäre es schön,
ich hätte Ideen
so fesselnd, dass kein Leser wegbleibt.

Für die Herkunft des Namens Limerick gibt es verschiedene Hypothesen:
Namensgeber könnte die irische Stadt Limerick gewesen sein.

Der Name könnte auch von dem irischen Soldatenlied „Will you come up to Limerick“ aus dem 18. Jahrhundert abgeleitet sein.

Eine weitere Erklärung verweist auf die Sammlung von Nursery Rhymes (Kinderreimen) in „Mother Goose’s Melody“ von 1765, in der rhythmisch ähnliche Formen vorkommen.

In Deutschland kamen die Limericks in den 1970er Jahren durch die Volkssänger Schobert und Black erneut in Mode, die größtenteils die Werke aus „Limerick Teutsch“ des Dichterduos Georg Bungter und Günter Frorath vertonten und vortrugen.

Dieter Kreiner

September 2020

## Inhaltsverzeichnis

Das Gedichtbändchen entstand in der Zeit, wo sich in der ganzen Welt das Virus Corona Covid-19 auszubreiten versuchte.

Deshalb hier drei

**Corona-Limericks**

Host du in de Corona-Zeiten
Abortbabier en Mass auf d'Seiten,
na kannst zehn Jahr
und des is wahr,
hintnaus Unreinlichkeit vermeiden.

Die neu gültige Maskenpflicht
ist gar so lästig auch wieder nicht.
Denn ich sag's mal hart:
Sie schützt und erspart
den Blick in manch doofes Gesicht.

Ob des Virus Vorsicht respektiert
und se suacht an andan Wirt
und schützt dei Haus,
is no net raus.
Außer den Virus hot's total verwirrt.

## **Deutsche Limericks** – Städte

Ein Mann fuhr extra nach **AACHEN**,
weil ihm seine Freunde versprachen
dort gäb's ganz was Feines,
längliches Kleines.
„Aachener Printen“ nennt man die Sachen.

Es trafen sich Maler in **AALEN.**
Die wollten Aalen mal malen.
Sie tranken dabei
gar vielerlei
doch keiner wollte bezahlen.

Zwei Knaben aus der Stadt **ABERDEEN**
die waren beide „handy-affin“.
Sekunden kein Netz im Haus
löst sofort Panik aus
und Spurt zum nächsten Hotspot hin.

Ein Pianist aus **ALICANTE**
hilft auch im Gutshof der Tante.
Doch gar schnell er erlahmt,
worauf sie ihn ermahnt:
„Mehr Presto bitte, nicht Andante!“

Per Schiff kam einst nach **AMSTERDAM**
ein Matrose, wo er sich ein Zimmer nahm
und zwar an der Prinsengracht,
weil dort, hat er sich gedacht,
kommen nachts die drallen Meisje z'samm.

Ein neuer Mieter in **ANSBACH**
macht ständig Rabatz und Krach.
Jedem geht's auf den Wecker
und löst aus viel Gemecker,
drum regelt jetzt ein Anwalt die Sach'.

Es saß auf der Brücke in **AVIGNON**
ein Mädchen lang auf ihrem Popo
und musste erfahren,
dass Steine hart waren.
Hätt sie ein Kissen, wär sie jetzt froh.

Zwei Leinenweber aus **BELFAST**,
die trafen vergnügt sich zur Rast.
Am Ufer des Flusses Lagan
verlor einer seinen Eckzahn.
Grund: Kirschkern zerbissen in zu großer Hast!

Kam ein Lombarde nach **BERGAMO**,
dann machte ihn dort das Essen froh.
Bei Polenta mit Spatzen
da konnt‘ er fein atzen,
dann heimkehr‘n hinunter zum Po.

Auf den Kuhdamm von **BERLIN**
ziehts gar viele Menschen hin.
Extravagant kleiden,
sich allen zu zeigen,
nur dies haben manche im Sinn.

Zwei Schweizer aus der Stadt **BERN**,
die hatten gar sehr sich gern.
In der Schweiz war das schwer,
weil dort mehr und mehr
man Schwule sah lieber von fern.

Es wohnte ein Mann in **BLUDENZ**,
der hätte gern einen Rubens.
Suchte im ganzen Land
bis er endlich ihn fand
im Antiquariat eines Judens.

Ein Maurerpolier aus **BONN**,
der träumte schon immer davon,
genau wie d‘Regierung vor Jahren,
selbst auch nach Berlin zu fahren,
weit weg von der Stadt Cologne.

Vor Zeiten kam jemand nach **BREMEN**
nach langer Reis‘ aus dem Jemen.
Als er den Roland anschaut,
wurde er schändlich beklaut.
Man tat ihm den Geldbeutel nehmen.

Ein Belgier aus **BRÜSSEL**,
dessen Nase war lang wie ein Rüssel.
Drum musst‘ er beim Trinken
sich beugen nach hinten,
sonst nässt er komplett seine Füßl.

Da war ein Franzos‘ aus **CALAIS**,
der fuhr gerne zu seinem Chalet.
Nicht 2 CV oder Mégane
nutzt er um dorthin zu fahrn.
Er schwört nämlich auf **V**au**W**ae

Gehst du zum Skifahren nach **DAVOS**
ist nicht nur auf Pisten und Loipen was los.
Mit dem Glacier Express
auf‘s Matterhorn ohne Stress.
Aber nur mit viel Fänkli in der Hos‘.

Die schöne Bianca aus **DÖBERN**
mag Horoskop-Prognosen sehr gern.
Weil ihr Aszendent ganz dreist
für morgen nur Schlechtes verheißt,
bleibt sie im Haus und von allen fern.

Da gabs einen Bergmann aus **ESSEN**.
Auf Mettbrötchen war der versessen.
Wegen wachsender Leibesfülle
reift in ihm der feste Wille,
die Zufuhr auf zwei pro Tag zu bemessen.

Ein Plattenleger aus **FÜSSEN**
verlegte im Haus grade Fliesen.
Da drückten ihn Winde
und er hat geschwinde
schnurstracks zum WC rennen müssen.

Der schöne Julian aus **GERETSRIED**
wusste morgens noch nicht was ihm blüht.
Im Auto küsst er
beim Lenken die Christl.
Die kreischt entsetzt: „Bist du lebensmüd?“

Ein wirrer Arzt aus **HAGEN**
redet sich um Kopf und Kragen,
weil er gern möchte,
dass Küssen man ächte,
denn Bazillen wandern zum Magen.

Ein junger Mann aus **HAUSEN**
im Kopf hatt‘ er nix als Flausen:
Nachts Mülleimer umschmeissen
und im Park Blumen ausreissen.
Kommt einem da nicht das Grausen?

An der Saale liegt die Stadt **HOF**.
Da lebte friedlich der Christof.
Gibt es wo Streit,
entfernt er sich weit
und sagt: *„Ich bin doch nicht doof“*.

Der Robert wohnt in **ILLERTISSEN**.
Von Florenz war er sehr hingerissen.
Über die Ponte Vecchio gehen,
in den Uffizien Gemälde ansehen,
schmerzlich daheim das zu vermissen.

In der bekannten Bierstadt **JEVER**
gibts einen großen Spendengeber.
Das hilft diesem Konzern
unter den Tisch zu kehr‘n,
dass viel Bier schädigt die Leber.

Am Ortsausgang von **KAMEN**
hat ein Warnkreuz gehangen.
Der Hans sah’s nicht steh‘n
und den Zug überseh’n.
Sein Zustand ist jetzt zum Erbarmen.

Da gabs einen Mann aus **LEINFELDEN**.
Von ihm ist kurios zu vermelden:
Weil daheim im Glas
er die Zähne vergaß,
musst‘ im Gasthof er kau‘n auf den Felgen.

Ein Frauenversteher aus **MANNHEIM**
hat zur Liebe folgenden Reim:
Es ist immer das gleiche Lied:
Je weniger „Frau“ anzieht,
desto eher geht „Mann“ auf den Leim.

Zwei schräge Typen kamen nach **Neustadt**
und haben sich erquicklich gelabt.
Aus Küche und Keller
nur Bestes für Glas und Teller.
Auf Bezahlung der Wirt heute noch wart‘.

Ein Handelsvertreter aus **OEDERAN**
rast mit dem Auto die Straße entlang.
Da, ein Schild: „20 kmh“,
zu spät: Überschlag!
Die Grube sah er verschwommen dann.

Zwei Bäckermeister aus **PADERBORN**
kamen gewaltig in heftigen Zorn.
Sein Brot wär‘ zu wenig gewichtig,
ein jeder den Andern bezichtigt.
Die Freundschaft jetzt aus, vorbei und verlor’n.

Der Gisbert lebt in **QUICKBORN**.
Die Susi hat er zum Herzblatt erkor'n.
War das ein Getändel !
Immer am Schürzenbändel.
Doch allmählich ging die Liebe verlor'n.

Der Fischer Gunther aus **RADOLFSZELL**
war schon beim Morgengrauen zur Stell.
Denn groß war sein Verlangen
viel Bodenseefellchen zu fangen.
Wegen Nebels wurd's aber zu spät hell.

Ein Dandy kam nach **SCHWERIN**
Da sah er **SIE** im Pepita-Kostüm.
Tags drauf todchic im Faltenrock.
Sie sich zu angeln wird brüsk abgeblockt:
*„Die Schaufensterpuppe bleibt hier drin!"*

Zwei Engländer aus **SOUTHHAMPTON**
reisten im Sommer nach Kempten.
Seit einem Käs-Spätzle-Essen
sind sie auf Käs ganz versessen.
Fazit: Käse von hier, niemals Fremdgehn.

In der alten Römerstadt **TRIER**
gibt's viel Brauereien und Bier.
So mancher Student
viele davon kennt.
„Studieren“ dauerte oft länger hier!

In der kleinen Rotweinstadt **UNKEL**
sah mancher am Tag Sternengefunkel.
Wenn er mit dem Rebensafte
sich zu intensiv befasste,
wurd's bei ihm am Tag schon dunkel.

Der flotte Hendrik aus **VAREL**
war wieder einmal viel zu schnell.
Auf sein Punkteübermaß
schiebt er jetzt übergroßen Hass.
Ein Idiotentest wird jetzt für ihn reell.

Dem Franz aus der Eifelstadt **WITTLICH**
befahl seine Frau gebieterisch:
*„Wir müssen dringend zum Hosenkauf,*
*weil ich mit dir sonst nicht mehr lauf'!“*
Worauf der Franz sich fluchtartig wegschlich.

Der Christian aus Wangen
hatte furchtbare Angst vor Schlangen.
  Beim Besuch im Zoo
  war er heilfroh,
dass sie hinter dickem Glas sich rangen.

Für die Ernennung zum Stadtrat in **XANTEN**
viele Bewerber zur Wahl anstanden.
  Im Wahlkampf verkündet der Peter:
  *„Sprechzeit bekommt bei mir jeder."*
Mit diesem Wahlspruch konnte er landen.

Man sagte schon lange in **ZOSSEN**:
*„Lars gehört mal zu den ganz Großen!"*
  Bis ich ihn wiederfand
  ging viel Zeit ins Land.
Bei Werbung auf Stelzen hab' ich ihn getroffen.

~ ~ ~ ~ ~ ~ ~ ~

## Kunterbunt

Den flotten Rolf stört nicht die Bohne
sein Seitensprung mit der Simone.
Seine Frau jedoch schilt:
*„Bei mir ab jetzt gilt:*
*Stopp! Verkehrsberuhigte Zone!"*

Im Alphabet, da steht das A
ganz vorne und nur einmal da.
Hingegen wird in Griechenland
es auch hinten angewandt:
Anfangs ein A, am Ende aber Omega.

Auf dem Weg zu einem neuen Tag
erwarten dich oft Müh und Plag.
Doch wenn nach dunkler Nacht
dir der helle Morgen lacht,
spürst du, dass der neue Tag dich mag.

Ein Vogel trällerte im Hinterhof,
was einen Nachbarn sehr verdross.
*„Schluss mit dem Gezeter!"*
und *„Ruhestörung!"* kräht er.
Ich fand das Vogelgetschwitscher famos.

Der Sekretärin in Erinn‘rung geblieben:
Tausende Briefe, die sie hat geschrieben,
  bis zu jenem Tag,
  wo den Chef traf der Schlag.
Postskriptum: *Nach Diktat verschieden.*

Auf dem Laufsteg ein Superstar
war die kesse, fesche Rebecca.
  Abgeschminkt
  der Alltag winkt.
Gesichts-Werkseinstellung wieder da.

Das Recht seine Persönlichkeit
frei zu entfalten jederzeit,
  ist bei manchem ganz leicht
  und für ihn schon erreicht
mit Hinterteil liften von Zeit zu Zeit!

An der Börse die Aktien stehen,
tief unten in sehr großen Wehen.
  Aus Aktien Drachen
  jetzt flugs machen.
Toll, sie dann wieder steigen zu sehen!

Ein Boxer nach dem Titel strebt.
Wie oft hat er die Fäust‘ bewegt.
Training seit Wochen,
er spürt jeden Knochen!
Gong – Runde drei – aus dem Ring gefegt!

Der Franzek hat sich sehr geschunden.
Im Bergwerk war er ganz tief drunten.
Gold zu finden
und damit verschwinden
wär schön. Doch er hat nur Kohle gefunden!

Ganz früh kann man den Ralf schon seh‘n
mit seinem Hund zum Stadtwald geh’n.
Dort gibt’s kein Verbot
und niemand ihm droht.
Überall kann er sein Beinchen heb’n.

Der Franz g’hört wieder zu den Späten,
die man zum Heimgeh’n hat gebeten.
Nachts Schmerzen übergroß.
Was ist mit meinen Fingern los?
Beim Heimgeh’n wurden sie wohl betreten!

Beim Haus von Klaus im Anbau
wohnte vergnügt eine Putzfrau.
Von früh bis spät
sie Arbeit hätt,
doch Montag bis Freitag macht sie blau.

Groggy sitzt der Fred im Flieger.
Eine Hetze war das wieder!
Schlange beim check-in,
endlich ist er drin!
*„Saftschubse! Schnell ein Bier her!“*

Den Christian seit Kurzem plagt:
Sein Stuhlgang hat gänzlich versagt!
Nix kam in Schwung,
trotz Ricini Oleum!
Jetzt ist wohl ein Klistier gefragt!

Urlaub heißt auch Postkarten
schreiben, weil‘s alle erwarten.
*„Wetter schön“* steht immer
drauf und *„Schönes Zimmer!“*
Wahrheit: Regen! Zimmer missraten!

Der Herrmann kann es nicht versteh'n,
dass viele per Kreuzfahrt auf Reise geh'n.
Höhe siebzig Meter,
5.000 and're Sonnenanbeter.
Was in der Welt ist da denn schön?

Achteraus in der Hafenkneipe
rücken einem Fass Bier zu Leibe
der Knut und der Hein.
In die geht viel rein!
Torkelnd geht's heim dann zum Weibe.

Jedes Jahr kommt man neu in Wut.
Formblatt ausfüllen tut keinem gut.
Für das Finanzamt,
treibt man den Aufwand.
Wie schön, wenn das ein And'rer tut!

Von seiner Frau wird Tim unterjocht.
Bücher lesen hat sie nie gemocht.
Doch ein Krach unterbleibt.
Sie liest, was er schreibt
und klaglos isst er, was sie kocht.

Halbe Sachen zu Ende bringen.
Nur so sei innerer Friede zu finden.
Halbe Flaschen gab es viel:
Rotwein, Gin, Jack Daniel,
Halbleer auch die Kondom-Box hinten.

Eine Hängematte spannen,
den Alltag total verbannen,
die Zeit anhalten,
auf Ruhe schalten
und jeder Ärger schleicht von dannen.

Ein neuer Tag ist geboren.
*„Meine Tautropfen hab' ich verloren!"*
ruft die Blüte.
*„Du meine Güte!*
*Himmel sternlos, wirkt auch wie geschoren!"*

Erfüllt hat sich ein Menschheitstraum:
Die Reise in den Weltenraum!
Ob's auch den Richtigen trifft,
den man zum Mond 'naufschießt?
Wissen kann man das wohl kaum!

Wein schlürfen, die Aromen erspüren,
ihn lustvoll zum Gaumen transportieren
    und am Abgang erkennen,
    der gehört zu jenen,
die Prämierungslisten ganz oben zieren.

Schon lang sucht er einen Rastplatz,
der LKW-Fahrer Ignaz.
    Alles belegt,
    Zwangspause verlegt.
Früher fand man freie Plätze ratzfatz!

An Uferfelsen donnert die Brandung.
Höchst gefährlich hier eine Strandung!
    Auch ein kleines Beiboot
    käme in Seenot.
Erst ablandiger Wind sichert die Landung!

Das Bahnwärterhaus wird Tag und Nacht,
von vorbeibrausenden Zügen bekracht.
    Dem Bahnwärter Anton,
    gelang es lang schon,
dass Lärm keinen Zorn mehr entfacht.

Auf dem Wege zum Stelldichein
fällt Nick es siedendheiß ein:
Die Blumen vergessen!
Ein Vorgarten erlöst'n!
*„Selbst gepflückt und jetzt sind sie Dein!"*

Dem Wolfgang geht es heut' nicht gut.
Der Rücken quälend weh ihm tut.
Die letzte Nacht
hat er durchwacht.
Frohsinn ringsum bringt ihn jetzt in Wut!

Tief und unsterblich verliebt
ist seit gestern Dominik.
Es ging ihm sehr nah,
was da geschah
mit Gabi und ihm in der Klinik!

Der Niels glaubt steif und fest:
an das Ergebnis von einem Test.
Der besagt: *Mann und Frau*
*passen zusammen genau,*
*wenn man Platz zwischen beiden lässt.*

Der berühmte Friedrich Schiller,
nachts zu seinem Hause will er.
  Viele Gläser Wein
  bereiten ihm Pein.
Da ruft's: *„Aber nicht an das Haus von Schiller!"*

Hans wird bei der Führung im Schloss
begleitet von einem ganzen Tross
  plappernder Touris.
  Voller Zorn verließ
er das Schloss. Der Frust war zu groß!

Hast du denn wirklich nicht gewusst,
dass dein Mann zum Stillen der Lust
  andre Frauen nimmt?
  *„Nur eine Nacht lang!"*, sagt der bestimmt,
*„vom dreißigsten Juli bis zweiten August!*

Der Tom fährt morgens in die Stadt,
weil er was zu besorgen hat.
  Parkhaus voll,
  wachsender Groll!
Für heute hat die Stadt er satt.

Voller Freude kommt die Frau heim.
*„Ein neuer Fernseher kommt rein!*
*Die Rate, zweihundert Euro*
*zahl'n wir leicht aus dem Dispo!"*
*„Wie lang?" – „Wird schon nicht so lang sein!"*

Von käuflichem Reiz war die Wenke
und meist zu finden in Uwes Schänke.
Jeder träumte sehr,
wie schön es wohl wär',
wenn man tief in ihr versänke.

*„Du hast sechsmal mehr Dessous!*
*Mir gegenüber ein dreifaches Plus!"*
*„Mein Verbrauch ist reger!*
*Mein Freund ist Schornsteinfeger!*
*Dein Pastor hat Reizwäsche kaum im Focus!"*

Prokurist Meier, mit großer Goschn,
wurde in der Bar gewaltig verdroschn.
Alle waren mit Lust dabei.
Da ertönte plötzlich ein Schrei:
*„Die Prokura ist erloschn!"*

Nach jedem Beischlaf warf Herr Kühlwein
in ein Sparschwein Münzen rein.
Beim Öffnen, oh Wunder
waren auch Scheine darunter.
Frage an Frau: Wie kamen die rein ???

Der reiche, steinalte Patrik
war neu verheiratet mit Sigrid.
Wo man jetzt schmust
ist kein Tempel der Lust,
sondern ein „Dôme des Invalides“!

Gestern war er schon ganz nah dran.
Verführt hätt‘ er fast schon Susann.
Doch was für ein Graus.
Am End stellt sich raus,
nicht mal den Champagner sie zahlen kann!

Von Gustav kann man sagen:
*„Wahrlich ein echter Geizkragen!“*
Um im Dunkeln zu lesen
trieb ihn sein geiziges Wesen
dazu, sich mit Blindenschrift zu plagen.

Als man begrub den Millionär,
gab's einen Mann, der weinte sehr.
*„Gell, Sie weinen so bitterlich,*
*weil 's die Familie betrifft!"*
*„Nein, weil ich leider nicht dazu zähl!"*

Viele unterlagen dem Charm
des Schürzenjägers Christian.
Seine Frau – für sie eine Qual –
empfand er als Kapital
und das rührte er nur im Notfall an!

Mizzis Lotterbett muss hinauf.
Der Möbelpacker kommt ins Geschnauf.
*„Lachen Sie nur munter.*
*Ich muss arbeiten drunter.*
*Sie aber tun das oben drauf!"*

Es regnet draußen wie verrückt.
Endlich hat Kai ein Taxi erblickt.
*„Stopp!"* schreit er.
Das Taxi fährt weiter.
Ob's wohl beim Zwanzigsten glückt ?

Der D-Zug ist fast voll besetzt.
Herein stolpert Björn ganz abgehetzt.
    Da, ein Sitz,
    hingesetzt fix!
Oh weh, der ist ja urinbenetzt!

    Der großen Hitze wegen
    fragen viele in Apotheken:
        *„Erfrischung, wie*
        *bekommt man die?“*
    Dabei tut man **schwitzer**deutsch reden.

Was den Niels neuerdings umtreibt
und auch seinen Puls emportreibt,
    ist die Frage:
    Was heute ich sage,
morgen als gestern schon gesagt verbleibt.

    Immer mehr haben Bildungslücken
    und manche tut das sehr bedrücken.
        Drum hoffen sie sehr,
        dass Gesprächspartner
    ihnen nicht mit Esprit zu Leibe rücken.

Es heißt: Jungen Menschen bedeute
die Lebensweise alter Leute
    nicht gar sehr viel,
    bis ihnen auffiel:
Dermaleinst sind auch wir Teil dieser Meute!

Der Tim ist begeistert vom Sport
und die Aschenbahn sein Lieblingsort.
    Stunden um Stunden
    dreht er seine Runden.
Er kennt nicht den Spruch: Sport ist Mord!

Der Gedanke Sarah anzurühren,
sie zu seiner Königin zu küren,
    kam Jonas zu spät
    und jetzt ist sie weg.
Liebestoll tat sie der Markus verführen.

Sitzt der Wolfgang hinterm Lenkrad
verlässt er jeden Tugendpfad.
    Er flucht wie ein Kutscher:
    *„Rechts ran, Daumenlutscher!*
*Fahr besser erstmal nur Dreirad!“*

Autobahnrastplatz, es pressiert.
„*Wo haben Sie den Lokus postiert?*“
Endlich vor der Tür!
„*Verdammt, die Gebühr!*“
Da rieselt’s warm und schon ist’s passiert!

Wenn jemand gar nicht kochen kann,
ist das im Zweifelsfall der Mann!
Zum erhalten der Kraft
er sich darum schafft
Kühlschrank und viele Konserven an.

Das Tennisspiel ist ein schöner Sport,
per TV verfolgbar direkt vor Ort.
Wirklich nur stört,
dass man ständig hört,
das schaurige Ächzen immerfort.

Sebastian ist Junggeselle
und als Advokat recht helle.
Doch zur Hausarbeit
nicht mehr bereit.
Grund: Bügeln – Hemd – schwarze Stelle!

Der Eckhart würde gern was schreiben,
obwohl Ideen ihn grad meiden.
Ihm fehlt ein Anfang
und das Ende macht auch bang.
Fazit: Schreiben später betreiben!

Ein schneidiger Jet war er schon
als Politiker der Opposition.
Doch an der Macht
ist er erwacht,
als bedächtiger Segelflieger-Klon.

Winfried betrieb gern seinen Laden.
Täglich kamen viele Anfragen.
Verspekuliert,
jetzt ruiniert.
Auch sein Laden ging dadurch baden.

Den Führerschein hätte Kim gerne.
Nötig ist, dass sie erlerne
zuerst Theorie.
Doch das schaffte sie nie!
Fahren rückte drum in weite Ferne.

Fährt man die Einbahnstraße verkehrt,
kann es sein, dass dies manchen stört.
Polizisten sind das oft
und beklommen man hofft,
dass man wird bußgeldfrei nur belehrt.

Die Bea ließ, obwohl nicht bei allen,
mitunter all ihre Hüllen fallen.
Das macht Lust
und vertreibt den Frust.
Manch einer fand daran Gefallen.

Die Fahrrinne im Nord-Ostsee-Kanal
wird bei Begegnungsverkehr echt schmal.
Drum beraten Lotsen
von Westen bis Osten.
Havarien wären mehr als fatal.

Es laufen heute auf der Straße
fast alle mit Handy vor der Nase.
Die Welt ringsum,
und das ist Faktum,
wird zur unbekannten Masse.

Beim ersten Schnee freuen sich viele
und bekommen Skifahr-Gefühle.
  Den Hang runterheizen
  tut jedermann reizen.
Mit Siegeswillen geht's zum Ziele.

Glühend heiß der Alex begehrte
des Nachbars bildhübsche Grete.
  Die hörte aber
  nicht gern sein Gelaber.
Sein Werben sie deshalb verwehrte!

Wie schön ist's ein Jäger zu sein!
Frühmorgens geht's in den Wald hinein.
  *„Ein 12-Ender Hirsch*
  *war die Beute der Pirsch!"*
So heißt ein Häslein in Jägerlatein!

Eine Langhantel stemmen macht Spaß.
Auch Muskelprotz Alois gefällt das.
  Erst wird gebückt
  dann Schwerlast gedrückt.
Dehydrationsabwehr: Bier – acht Maß.

In Paris in der Rue St. Denis
trifft man Strichbienen ganz gewiss.
Der kurze Rock
lässt manch alten Bock
träumen vom Eintritt ins Lustparadies.

Ein Zauberer richtet mit Bedacht
alles her für die Show in der Nacht.
Dabei wurde verschoben
ein doppelter Boden.
Verschwinden nicht klappt! Ausgelacht!

Ist Fritz im Ballbesitz auf dem Feld,
fühlt er sich als großer Fußballheld.
Verteidiger umspielt,
auf das Tor gezielt,
Fernschuss, Tor, heile Fußballwelt!

Der schöne André, ein Don Juan,
macht sich an alle Frauen ran.
Um sie zu vernaschen,
tut er sie abpassen.
Zärtliches Süßholzraspeln folgt sodann

Die Hilde kommt grad aus dem Stall.
Kühe hat es dort überall.
  Die Milchkannen voll.
  Da fühlt man sich wohl.
Hof vom Onkel geerbt – Welch Glücksfall !

Frisch eingezogen zum Militär.
Erwin gefiel dies nicht so sehr.
  Das Aufsteh'n auf Pfiff,
  ist ein feindlicher Angriff!
Wie schön wär's doch bei der Feuerwehr!

Ein Stürmer flog quer durch den Strafraum.
Der schimpfte laut „*So ein Abschaum,*
  *dieser Gegner!*
  *Macht mich zum Segler!*"
Dass es 'ne Schwalbe war, sah man kaum.

Ringwettkampf, Schulter luxiert!
Schnell wurde ein Arzt alarmiert.
  Die Schulter packt er,
  ein Schrei und es knackt sehr,
Unglaublich: Alles wieder saniert!

Für Elvira der Traum: ein Pferd!
Drum ein Lehrer das Reiten sie lehrt.
  Das Training war hart.
  Sie hat eifrig gespart,
Damit auch das Pferd ihr bald gehört.

Seit den Siegen von Boris aus Leimen
stehen viele am Platz auf den Beinen.
  Der „Weiße Sport"
  trägt alle fort
zum Schwitzen in weißem Leinen.

Beim Wein gibt es gar viele Sorten.
Unsinnig ist's sie nur zu horten.
  Will heißen in Worten:
  Lieber heute entkorken,
als immer zu warten auf morken!

Tullius Cicero hörte man sagen,
tat man nach altem Wein ihn befragen:
  *„Wenn Jahrgang schlecht,*
  *wird er sauer zu Recht.*
*Jahrgang gut, wird jungen er überragen!"*
(geb. 108 v. Chr.)

Der Christoph war einer von den Braven
und als wir ihn neulich trafen
    erzählt er bedrückt,
    dass ihm Schlafen missglückt.
Hinzu setzt er schüchtern: Das Beischlafen!

Der Großbauer Hinrichs hinterließ
'nen Riesen-Gutshof, sein Paradies.
    Geerbt hat der Hans,
    weil den zweiten Sohn Franz
der Vater wegen Faulheit und Suff verstieß.

Auf Burg Waldeck im Rittersaal
gab es ein festliches Rittermahl.
    Besten Schmaus
    trug man dort auf.
Kehricht und Knochen warf man zu Tal.

Ein Student im zwölften Semester
war weit entfernt, dass als Bester
    er abschließt als Master,
    denn die Uni, die hasst er!
Bald doch Bester! Alkoholtester!

*„Es ist noch nicht zu spät"*, meint Jochen,
*um Abmagerungskost zu kochen."*
Er fing gleich damit an
und erlebte sodann:
Nach 14 Tagen verlor er zwei Wochen!

Wie wurde ein Dichter genannt,
der in der Antike sehr anerkannt?
*„Achilles ist's!"*,
ruft der Fritz,
*„Seiner Ferse wegen wohlbekannt!"*

Britta ist schon seit langem bemüht,
dass eine Schönheits-OP geschieht.
Sie hat sich dafür Geld gelieh'n.
Dann war sie weg, wer weiß wohin.
Finden erschwert, weil sie anders aussieht!

Ihren Eltern sagt Paula nachdrücklich:
*„Weiter zur Schule geh'n mag ich nicht!*
*Lehrer sind zwar gescheiter,*
*doch weiß einer nicht weiter,*
*muss ich nach vorne und er fragt mich!"*

Förster Alfred fand es gar nicht nett
Freund und seine Frau zu seh'n: Im Bett!
  Er holt sein Gewehr.
  Peng! Der lebt nicht mehr!
Sie: „*Weiter so und alle Freunde sind weg!*“

Latein finden nicht nur Jäger fein,
Angler nennen es Anglerlatein.
  Lange Arme sind wichtig,
  zum Zeigen auch richtig:
Riesenfisch im Netz! Kein geangeltes Fischlein!

In Wissembourg lebt ein Franzos‘.
Der weiß, in Paris ist viel los.
  Doch rurales Idyll,
  wer so etwas will,
bleibt hier! Kostet auch weniger Euros!

Der Sepp war mit Leidenschaft Bauer.
Immer hieß es „Das ist ein Schlauer!“
  Durch Gesetze der Politik
  gingen seine Erträge zurück.
Jetzt empfindet er nur noch Trauer.

Sein Pseudo-Wissen dazu führt,
dass Gert sich öfter mal blamiert.
*„Datenverlust*
*für mich kein Frust.*
*Alles auf CD's genitalisiert!"*

*„Chef, kann ich heute früher geh'n?*
*Meine Frau will mit mir Kleidung anseh'n!"*
*„Sie haben viel Fehltage!*
*Kommt gar nicht in Frage!*
*„Danke Chef, dass Sie mich versteh'n!*

Pilze isst Erwin sehr gern.
Er erspäht sie aus weiter Fern'.
Überaus wichtig:
Keiner ist giftig!
Sein Pilzbuch schützt ihn vor Fehlern.

*„Verzeihung, Schatz, ich kam spät heim.*
*Schuldig allein: Der Wirt und sein Wein!*
*Dann gab's noch den Zwist,*
*wo mein dickes Auge her ist!"*
*„Schon gut. Als du kamst war's auch noch klein!"*

Ein Single kommt abends nach Haus.
Ein Blick in den Kühlschrank: Oh Graus!
  Ein Ehemann
  geht anders ran:
Blick zum Bett, schnell zum Kühlschrank raus!

Am Abend geht Rolf in die Schänke
und setzt sich auf harte Bänke.
  Trinkt eiskaltes Bier,
  auch geraucht wird hier.
*„Zuhaus, die Frau, hat's schöner!"* denkt er.

Vegetarier schieben großen Frust,
denn kürzlich wurde ihnen bewusst:
  Ganz tief drinnen
  ist auch bei ihnen
Fortpflanzung gepaart mit Fleischeslust!

*„Ich muss jetzt höllisch achtgeben*
*und nicht schwanger zu werden anstreben!"*
  *Warum ist das von Belang?*
  *Sterilisiert ist doch dein Mann.*
*„Ja eben, genau deswegen!"*

Eine Eisbahn wird gar hochgeschätzt.
Schlittschuhe an und losgewetzt!
Und jede Wette,
wegen der Glätte,
so mancher sich auf den Hintern setzt!

Ein Arbeitskreis wird oft kreiert,
dass man Probleme diskutiert.
Viel Kaffee getrunken,
Konsens nach Stunden:
Vereint wird für Vertagung votiert!

Vinzenz, ein katholischer Pfadfinder
will Pfarrer werden schon immer.
*„Erleb' ich das Ende vom Zölibat?"*
Er seinen Studienfreund befragt.
*„Du nicht, aber vielleicht deine Kinder!"*

Unsre Bäume muss man schützen.
Drum: Käfer raus aus allen Ritzen!
Dort krabbeln sie rein.
Heil muss Geäst aber sein,
sonst kann man nicht sicher drauf sitzen.

Es naht die Urlaubszeit herbei.
Herbert macht den Schreibtisch frei.
Er freut sich aufs Meer
seit Wochen schon sehr.
„*Moin Sylt!*“, erklang dort sein Lustschrei.

Im Wahlkampf war er ein Ass.
und hat Leute bewegt en masse.
Doch in der Wahlkabine
siegt die Routine.
Das Kreuz verbleibt oft am alten Platz!

Fand in Rom eine Siegerehrung statt,
gab's einen Kranz vom Lorbeerblatt.
Einer der Geehrten sagt:
„*Lorbeer macht leider nicht satt!*
*Besser ist's, wenn man Kartoffeln hat!*“

Seit Wochen schon ist ganz vertraut,
der Wolfgang mit der Edeltraud.
Damit ist es aber Schluss,
als er beobachten muss,
wie sie ihm gerade sein Handy klaut.

Wenn beim Reimen nichts mehr geht,
Ideen weg, vom Wind verweht,
tut er sich's verübeln
und kommt ins Grübeln:
„*Warum tu ich so, als wär ich Poet?*"

Fred geht ein Nachbar sehr auf die Nerven
und das ist kaum zu fassen in Versen.
Ganztags nur Opera
und das in fortissima!
Aus dem Haus werd' ich den Kerl werfen!

An einem wunderschönen Morgen
sagte Jens: „*Ich geh' Zigaretten besorgen!*"
Wochen vergingen.
Zweifel anfingen.
Auch seine Frau macht sich langsam Sorgen!

Beim Sturz verlor Nick seine Dritten.
Sehr schwierig nun Speisen zu splitten.
„*Zahnarztbesuch, Oh Weh!*
*Ob ich diesen Schock übersteh?*
*Um Vollnarkose werde ich bitten!*"

Auf der Bank sitzt Stefan wohlbeleibt,
derweil ein Dünner Sport betreibt.
*„Herrscht Hungersnot zu Haus?"*
fragt der ihn spöttisch aus.
*„Falls ja, weil's Essen bei Ihnen verbleibt!"*

Der Doktor sagt zur Amelie:
*„Ruhe braucht ihr Mann jetzt viel.*
*Da ist ein Schlafmittel drin!"*
*Wann leg ich ihm das bitte hin?"*
*„Das ist nicht für ihn! Das nehmen Sie!"*

Gustav hat wieder mal Viagra gekauft.
*„Zwölf Euro die Pille!"*, er wütend schnauft.
*„Liebling"*, sagt seine Frau
*„rechne doch mal genau.*
*Nur 60 Euro pro Jahr, wenn's gut lauft!"*

Zum fünften Mal Banküberfall!
Der Kommissar fragt überall:
*„Gab's Auffälligkeiten hier?"*
*„Ja"*, sagt der Kassier,
*„Teurere Kleidung von Fall zu Fall!"*

Uwe bringt die neue Partymaus
von der Disko heim nach Haus.
An der Tür beim Küssen
hat's beide gerissen:
Auf der Klingel lehnte sie drauf!

Dringend muss ein Mann aufs Klo.
Die Klofrau sagt: „*Kostet ein Euro !*"
Als er wiederkam,
sagt er: „*Nix war im Darm!*
*Ich verlange fünfzig Prozent Skonto!*"

In ihrer Ehe ging manches daneben.
Doch zum Geburtstag will er ihr was geben.
Aber ihr Wunsch: die Scheidung,
stößt auf strikte Vermeidung:
„*So viel Geld wollte ich nicht ausgeben!*"

Ein Musikstudent sucht ein Zimmer in Bonn.
„*Bei mir nicht! Das kenne ich schon!*
*Allabendlich,*
*zur Tochter mozärtlich,*
*Resultat: ein kleiner Mendelssohn!*

Bei der Bewerbung sagt ein Tenor:
*„Ich singe: Am Brunnen vor dem Tor!"*
*„Eine gute Idee.*
*Dort tut's keinem weh!"*
riefen erleichtert alle im Chor.

Der Polykrates hockt recht munter
im Dachgemach und schaut herunter.
*„All dies ist mir untertänig,*
*nur die Xenia, die wehrt sich.*
*Ins Exil verbann ich ihren Gunter!"*

Zwei Angler sitzen am Teich
Zwei Stunden werden es gleich.
Sein Bein legt einer davon
in eine andere Position.
*„Ständig störst du den Laichbereich!"*

Beim Fliesenverlegen, welch Schreck.
Der letzte Karton mit Fliesen ist weg!
Regal im Baumarkt leer.
Man bedauert das sehr
und sagt: *„Die hat wohl jemand verlegt!"*

Manchmal tut's schon ein wenig weh:
Out ist der Brezelfenster-VW!
Der Mann von Welt
kauft für viel Geld
jetzt lieber einen e**S**-j**U**-**V**we

Weiß ein Jüngling nicht wo was lag,
dann ist das halt so, gar keine Frag'!
Hinweis bei einem Alten:
*Nichts kann der behalten!*
*Sein Gedächtnis lässt schon sehr nach!*

Das Langzeitgedächtnis hingegen
ist für Alte ein wahrer Segen.
Drei drei drei, bei Issos Keilerei.
Acht null null, Karl als Kaiser neu.
Erstaunlich dieses Denkvermögen!

Über Geisterfahrer sagt man:
Die können nicht Auto fahrn!
Aber freundlich, mal ehrlich,
sind sie, weil ganzjährlich
sie entgegenkommend war'n!

Tapfer stapft ein Wandersmann
Schritt für Schritt den Berg hinan.
  Der Gipfel weit im Fernen,
  ganz nah bei den Sternen.
Wie schön wär‘s daheim auf dem Diwan!

  Den Jäger Franz ein jeder kennt.
  Nach saub‘rer Umwelt er sich sehnt.
    Nicht allein der Hirsch
    treibt ihn auf die Pirsch.
  Auch Müllsündern er hinterherrennt.

Der Björn kam neu zur Marine
auf dass er die Wehrpflicht abdiene.
  Doch beim ersten Sturm
  musst‘ man ihn festzurr’n.
Lieber säß‘ er aber auf der Latrine!

~ ~ ~ ~ ~ ~ ~ ~

## Boarisch glimerickt – Städte

A Fremda kam amal nach **AMBERG**
da war im Kanal oana am Werk.
der betracht se a Rohr,
zupft dann se am Ohr
und moant: *„Wär bessa, dass ich's verstärk'!*

Da erste Schnee is gfoin in **BAD AUSSEE**.
Ganz weiß warst du vom Kopf bis zum Zeh.
Und genau am selbigen Toog
hob i gspüat wia gern i di moog.
Als weißhoarige Oma wärst imma no schee!

Die Theres vom Kurort **BAD GASTEIN**
dera ihr Schwesta duat se recht gfrein.
Weil's moant sie wär schöna,
daatn **sie** die Buam vawöhna.
Beim Fensterln steign s' aber zur Theres rein.

Der Sebastian von **BURGHAUSEN**,
hot an Dackl, da könnts oan grausen.
Vui Kumma macht er seinem Herrn.
Um's V'reckn wui der Hund ned höan!
Bei *„Sitz!"*, da moant a: *„Jetz muasst sausen!"*

Es Annamirl aus **BURGKUNSTADT**
is oane nach der ma se umdraht.
  Mit Aigerl ganz himmelblau
  und aa ihr‘m scheena Körperbau
wird’s dir mit dera gwiss ned fad.

A junga Bursch is gwandert nach **CHAM**.
Vom langa Laffa war a kreizlah.,
  Dass des eahm nix schad‘t
  und es vorbei is mit fad,
gab‘s nach fünf Maß no a sechste in Cham.

Im großn Fuimpalast von **DACHAU**,
bloß Westernfuim zoagn s‘ da im Anbau.
  Do fliagn wuid die blaua Bohna,
  denn so a Coltkauf muass se lohna!
I woaß, dass i künfti Liebesfuim schau.

Zu da Trabrennbahn vo **DAGLFING**
ziagt’s d‘Huber Gretl immer hin.
  Wega die Wettn ned,
  die san ihr z’bläd.
A Jockey is‘s, mit dem s’ gern was anfing!

Vorm Standesamt steht in **DINGOLFING**
a Braut, im Bauch drin a Sechsmonatskind.
    Glei nimmts da Wimmer Max an d'Hand
    und füaht s' voi Stolz zum Ehestand.
Ihr Nama is jetzt: „Wimmerin".

    Die oide Leni aus **EGGENFELDEN**
    duat auf da Alm drobn Küah no melken.
        In der Nacht, einer eiskaltn,
        hot a Urlauba um ihr Hand ang'haltn.
    In Eggenfelden is jetz a Hochzeit z'vermeldn.

In am Hintahof von **FELDAFING**
hot da kloa Bertl se gfühlt wiara King.
    Er war da Schnellst' beim Fangen spuin
    und hot se duachgsetzt mit sei'm Willn.
Heit stehn in dem Hof bloß no Autos drin!

    Die Kellnerin Mitzi aus **FURTH IM WALD**
    wennst die oschaugst, die losst de ned kalt.
        A stramme Figur und scheene Wadn,
        obnrum duat a pralla Busn ragn,
    koa Wunda dass die jedem g'fallt.

A fanatischa Wuidschütz aus **FREISING**
hot nix wia Schlinga und Fall'n im Sinn.
Auf d'Jagd ganz vasessen,
hot er d'Stelln vagessen
wo s' liegn und is selba neigstiegn.

Am Tegelberg obahoib von **FÜSSEN**
lehrt d'Gabi Leut' wia s' Skifahrn müssen.
Sie hot wirkle koa Schuid,
denn trotz großer Geduld,
hot's an gar zu Schneidign gschmissn.

In's Annamirl aus **GERETSRIED**
war da Ferdl ganz narrisch verliebt.
Zum Bussln is er ned komma,
weil s' an andern hot gnomma.
Bis heit machtn des no betrübt.

Da gab's auch an Jaga aus **GRAZ**,
der wo bei der letzten Hatz,
zwölf Hasn abgschossn
und an Hirsch aa no troffn.
Zum Glück war im Woid koa Katz!

A Seglfliaga aus **GREDING**
nach'm Windenstart am Seil hing.
*„I hoff' sehr, dass's ned reißt,*
*und mi nuntaschmeißt.*
*Zabröselt daat i dann am Bodn liegn!"*

Heit fahrma naus nach **HELLABRUNN.**
Do laffn gscheit vui Viecherl rum.
Vom Zebra bis zum Affn
kannst gmüatle alles angaffn
bis auf d'Nacht untageht d'Sunn.

Aufbrocha is da Ferdl in **HINDELANG**
zur Schwarzenberghüttn, drobn am Hang.
Inständig duat er hoffn,
es Kammatürl is offn
von da Wirtin. Scharf is a auf die scho lang!

Zum Fensterln bei da Liesl in **IMST**
schaugst bessa, dass d' nüachtan hikimmst.
Weil's Schnacksln im Bett,
is ned alles, was s' gern hätt,
vuimehr, an Eid dass d' als Eh'mann sie nimmst.

*Antenne Bayern* in **ISMANING**
is füa d'Höra a wahra Gwinn.
Ob Zech geprellt, ob Rauferei,
do bist imma live dabei
und host des Gfüi, als wärst mittendrin.

Es Xaverl vom Ortsteil **KEMNATHEN**
tun d'Eltern wegn seim Zeugnis erwarten.
Stehn drin Fünfa und Sechsa nua,
hoaßt's: *"Is halt da Muatta ihr Bua!"*
Gibt's Oansa, is er dem Vadda nachg'ratn.

Scho ausgangs März is gflogn in **KÖTZTING**
ganz neigierig rum a Schmetterling.
Gschlupft vui z'früah aus seinem Ei.
zum Hoffa is's, dass ihn dabei
d'Frühjahrskält ned hindert beim Fliegn.

Es Sepperl steht' in **LABERWEINTING**
alloa am Schalta im Bahnhof drin.
*„I mechat a Billet nach Hawaii!"*
*„In unserm Fahrplan is des ned dabei.*
*Am besten fahrst mi'm Radl hin!"*

1930 is g'landt a Zeppelin in **LACHEN**
Vui Begeistrung duat des entfachn.
D'Leit winkn mit die Händ
zu der „Zigarrn", wo ned brennt
und d'Kinda bastln dahoam an Drachn.

Freitags auf d'Nacht treffen in **LANDSBERG**
sich Ferdl, Toni, Sepp und Albert
zum Schafkopfa beim Sternwirt.
Aba bal oana falsch schmiert
kann's sei', dass ma handgreiflich ihn belehrt.

Zum Skifahrn geht's heit nach **LENGGRIES**
und dann zum Brauneck nauf ganz gwiss.
Zur Strasser-Alm nunta.
Dort macht a Einkehrschwung munta.
Doch ned z'vui dringa, sonst gibt's schwere Füß!

Da Wendelstein bei **MITTENWALD**
an jeden Bergsteiga guat gfallt.
Gamserl kannst springa sehn
oda a fesche Sennerin.
So ein Idyll gehört se g'malt!

Die Lechner-Fanny aus **MEMMINGEN**
hot Karten kriagt für ins Konzert z'gehn.
  Sie ziagt ihr Festtags-Gwandl oo
  Doch do san leida Fleckn dro.
Da Freundin is s' bös, die ihr d'Kartn gebn.

A b'sondere Rass san d'Leit in **MÜNCHEN**
700 Brunna hot's da und aa kloane Brünnchen.
  Zum Dringa gibt's Wassa gnua.
  Aba füa a Trinkkur,
duat jeda Münchna se liaba a Bier wünschen.

Es Annamirl lebt in **MÜNCHEN -OST**
und arbat dortn bei da Post.
  Da Gustl, a Arbeitskolleg
  war oamal mit ihr zum Essn weg.
Dann machta Schluss, weil sie ihm z'vui kost.

Zwoa Bauernbrüada aus **NEUMARKT**
a jeda mit langem Vollbart.
  Üba d'Häckslmaschin'
  beugn sie sich ned diaf hin,
sonst wird's G'sicht ohne Bart wieder zart.

Im Knoblauchsland bei **NÜRNBERG**
vom Feld es Peterla haamkehrt.
Die Knolln san no‘ z’klaa.
A weng Wartn haaßt’s da.
Schlecht wär jetz a Hitz, weil alles vadörrt.

Der Vinzenz kimmt aus **OLCHING.**
Oft ziagt’s ihn zum Gebirge hin.
Klettern bei Bad Hindelang
er als famos empfand.
Nur Kraxln gibt seim Lebn an Sinn.

Es wohnte a Mo drent in **PASSAU**,
g‘heirat hot er a blitzsaubre Frau.
Doch kimmt er vom Wirtshaus
hoam mit am Vollrausch,
na macht d'scheene Frau eahm zur Sau.

Da Alois lebt scho lang in **PRIEN**
Burgamoasta wern, hot a im Sinn.
Drum hält er vui Redn,
duat Freibier ausgebn,
trozdem gab’s z‘wenig Kreizl füa ihn.

Auf der Alm hoch üba **RAMSAU**
is da Resi ihr Lebn recht rau.
Doch kimmt da Jaga Kneißl,
dann wackelt's im Sennahaisl.
Füa's Schnacksln hot der's Know-how.

Im Regen kimmt jemand nach **REGEN**
und denkt se: Regen bringt Segen.
Aber gar so tropfnass
macht alles koan Spaß.
Gern daat er was Trocknes anlegen.

Da war aa a Mo in **REGENSBURG**,
wo scho in da Friah vui Essen vertrug.
Zwanzg Weißwürschd vaschlingta
im Summa wia Winta.
Jetz is in Bad Tölz er und kurt.

Es gab an Metzga in **ROSENHEIM**
d'Weibaleit konnt' der sehr guad leidn.
Die ihn aba ned,
denn immer des Gfrett
sei Wurschdfingadatschln z'vermeidn.

Zwoa Wanderer starten in **RUHPOLDING**.
Naufsteign zur Hörndlwand ham s‘ im Sinn.
    Alle sagn s‘ des wär net schwer,
    weil a gsicherta Steig da wär.
Sie kehrn aba um, weil s‘ net schwindelfrei sin‘.

Da war amal a Franke aus **ROTH**,
der lebte eisern nach dem Gebot:
    Es Rauchn sei lassn,
    Alkohol ned oofassn,
des schiabt naus dann an baldigen Tod.

A schwer’s Gwitta hot‘s gebn in **SPALT**
und auf oamal war‘s sakrisch kalt.
    In da Schlafstubn vom Toni
    hot’s aufgschreckt die Moni.
Liab ‘druckt, sie glei wieda in Schlaf fallt.

Beim B‘suach vom Wellenbad **SONTHOFEN**
san mia auf die Kinda vom Huaba g‘stossn.
    War des a Gaudi füa die Kloana.
    Beim Wellnreitn fehlt ned oana.
Erholsam, dass ma uns troffn ham.

Die Kreszens aus **SCHNEIZLREITH**
is a Prachtstück von am Weib.
Mit Hoiz vor da Hüttn,
braucht sie koan lang bittn.
Zuara Liabschaft is sie imma bereit.

Im Urlaub am scheena **TEGERNSEE**
trinken d'Lisbeth und ihr Freind Kaffee.
Vui Ansichtskartn g'hörn se g'schriebn.
Besser wär ma dahoam 'bliebn !
Aba koa Bosdkartn kriang, daat koana vasteh.

Im Schwabachtal liegt **UTTENREUTH**.
Da leben d'Leit no in a andern Zeit.
Wuist dia a Bahnbillet kaffa
muasst erst fünf Kilometer laffa.
Scho manchem hot des es Reisen valeid't.

A Dorfcasanova aus **VIECHTACH**
gibt ganz peinle auf sei Gwicht acht.
Denn a Kerl mit Fettwanst,
so rund, dass d'n rolln kannst
in Viechtach ganz gwiss koan Stich macht.

Der Korbinian kimmt aus **WALDSASSEN**.
Mit die Madl duat a gern sich befassen.
  Z'letzt mit da Burgl.
  Die sprang ihm an d'Gurgl,
weil er d'Evi obusslt hot, duats'n hassen.

A junga Bayer aus **WEIDEN**,
der wollt auf d'Uni nach Leyden,
  weil Kuafürschd Karl Theodor,
  knapp dreihundert Jahr zuvor,
dort studiert hot mit großen Freyden.

Es Annamirl vom **WENDELSTEIN**
woant recht beim Zwiefe schneidn.
  Da hot da Briafträga g'schellt,
  und a letzte Mahnung zuag'stellt.
Ihr Träna ham genau basst, so duat s' leidn.

A Droschknkutscha in **WIEN**
der fahrt d'Leit überall hin
  Am liabstn zum Prata
  den durtn do daata
vom Riesenradeigna a Trinkgeld kassiern.

Wenn d'Gretl aus **WILDBAD KREUTH**
d'Pistn obawedelt, dass oan gfreit,
sieht jeda des scho von da Weitn
und d'Burschn übalegn bei Zeitn
wia ma des Skihaserl zum Bussln verleit'.

Um an Handelsvertreta aus **XANTEN**
duat manches Gerücht sich ranken.
In da letztn Nacht
hätt er an Bankeinbruch gmacht
und sei Alibi wär aa im Wanken.

Im Bayrischen Wald in **ZWIESEL**
da wohnte da Max mit der Liesel.
Doch in da letztn Zeit
hot's nix gebn wia Streit.
Drauf hi' is a abghaut, schnell wie a Wiesel.

~ ~ ~ ~ ~ ~ ~ ~

## Kreiz und quer

Wemma vor am leeren Blattl duat hockn
möchat ma gern 's Dichtaross lockn.
Von dem gflügeltn Pegasus
griagat ma gwiss an Mus'nkuss
und des daat sofort es Hirn entblockn.

Gar lang falln ei' scho in ganz Bayern
vui Leit vo auswärts und duan feiern.
Aus Köln und sogar Southämptn
kemma s' her die vielen Fremdn
und mancha bleibt dann do zum heiran. (heiraten)

Am Muddatag möchtn alle gern
ihr Mama ganz besonders ehrn.
Allmitananda essen s' bei ihr
was s' kocht hot seit da Hergottsfrüh.
Vom Bsuach ihr zur Ehrn, muaß sie a Jahr lang zehrn.

Auf am Bankl im Park sitzt a oida Mo.
Zwoa blanke Äugerl schaung plötzle ihn oo.
Glei drauf schaugt s' Madl weg
weil do hot s' entdeckt
an Burschn, an junga und mit dem is davo.

Oan Wunsch hot d'Lisbeth ganz diaf drinna:
Sie mächat gern in am Chor mitsinga.
Aba dazua brauchst a Stimm
kräftig und ned wie ihre so dünn.
Zur Mitgliedschaft wird s' es nia bringa.

Da Loisl is untawegs zum Fensterln.
Mit da Fanny daat a gern scharwenzln.
Drobn auf da Loata
do steht a und woat a.
Aba d'Fanny duat'n bloß vahänsln.

A Meldungstext bleibt kurz bloß bestehn,
weil d'Worte ned fest z'sammag'hörn.
Anders is des beim Gedicht.
Do hot da Inhalt a bsonders Gwicht,
denn Reim' könna nia ausanandagehn!

Wenn im Mai hell drauß d'Sunna leucht
und dich ganz früah aus'm Bett rausscheucht,
duat da des wirkli net weh,
weil der Tag is halt gar so schee.
Bloß a bissl Müdigkeit stört vielleicht.

Der Mai, im frischn, gräana Blütenkleid
gfreit aa no ganz vui andre Leit.
Im Biergartn bringt die Stasi
an Bock und dazua an Radi.
Gibt's was scheenas, wia d'Maibockzeit?

Hört ma in Münchn nix wia Gstöhn,
na woaßt genau: Schuid is da Föhn!
An jedn packt der oo
und manche Leit wärn froh
in dera Zeit an da Nordsee z'lebn.

Wia von da Wally am Sonnwendfest
es Johannis-Feuer übasprunga is g'west,
war unt'rum a bisserl was versengt.
Selba hot s' bald nimma drodenkt.
Erst nachts wia s' den Sepp in ihr Bettstatt lässt.

Hoaß brennt d'Sunna. Es is Juli drauß.
A Lercherl zwitschert hoch übam Haus.
Auf am Bankl sitzn
und d'Ohrn spitzn,
Sovui Idylle hoit ma kaum aus!

Heit is a b'sonders scheene Nacht.
Es Mondgsicht klar vom Himme lacht.
  Auf dem Bankerl im Woid
  auch dem Liebespaar gfoit
was des füa an trautn Zauba entfacht.

An Weihnachten, Pfingsten oda Ostern
ziagt's vui Leit naus in d'weite Fern.
  In Bozen, Teneriffa, Malle
  san s' dort dann zum Finden alle.
I bleib dahoam bei „Bierverkostern"!

Die Tina hockt in Pontresina
Bertl mit Frau san ab zu die Wiena
  und wo san mia?
  Mia san no hier!
Aba reserviert hamma aa scho a Zimma!

Heit steign s' nauf auf d'Bergesspitze
da Anderl und sei Freindin Mitzi.
  Bucklauf, bucklab,
  des hoit oan in Trab.
G'stört ham bloß 'em Petrus sei Blitze!

*„D'Lehrerin duzt ma ned! Zwanzg mal schreibn!"*
Dann derf da Michl von da Schui erst heim.
*„I hob's dreißg Mal gschriebn!"*
*„Warum bist so lang bliebn?"*
*„Ganz alloa wega* ***dir****, Freilein!"*

Es Hintaquartier, auch Oasch genannt
wird ganz liab aa in Verserl vawandt:
*Wenn's Oascherl brummt,*
*is es Herzerl gsund,*
gar oft drauß an da Aborttür stand.

Bayern und Weißwurschd g'hörn z'samma!
Dodrüba bracht ma se ned grama.
Vitamin C hot d'Wurschd ganz vui
inwendig in da Petasiel.
An Vitaminstoss griagsd' mit so am Manna!

Auf'n Hund san s' kemma, da Ralf und d'Afra
als sie a ganz liab's Dacklweiberl kaffa.
Des macht eahna vui Spaß.
Früh san s' mit ihr auf da Gaß
und weg fallt a Zusatztraining füa's Laffa.

In ganz Bayern is da Schnupftabak
beliebt wia in Schottland da Dudlsack.
    Schmalzler oder auch Schmai
    ham vui fast imma dabei.
Ziag a Nasn voll nauf, na kimmst auf'n Gschmack.

    Zwoa Dockta hot's oft drauß im Land.
    Drum fehlt's neamad am Beistand.
        Hot Urlaub der füa d'Leit und Kinda
        springt füa ihn ein, der füa die Rinda.
    A jeda im Dorf des sehr praktisch fand.

*„Nach ihra OP is's unbedingt von Nöten*
*dass Sie schnellstens a Kur antreten!“*
    A paar Tag in da Kur vergehn.
    Do bassiert dem Sepp a Phänomen:
Im Dunkln seinem Schattn zu begegnen!

    Da Bertl trifft sein oidn Spezi Bene.
    Der macht sei Maai auf und bleckt die Zähne.
        *„Wos wuist, wos is mit dir los?“*
        *„Zwöifdausnd Euro“*, sag i da bloß!
    *Und sehn duat ma s' nur wenn ich gähne!“*

Wieda amal kann da Girgl ned schlaffa.
Guade Ratschläg hot a griagt scho an Haufa:
  Dunkles Bier als Beruhigungsquelln,
  100 Schaf‘ einzln in an Stall neizähln.
Nix davo huift. Es is zum Haar ausraufa!

Im Biergartn hot da Huaba-Sepp
a Bierfilzl auf sein Maßkruag g’legt.
  Des is scho gscheit,
  falls d’Vögl heit,
wieda valiern an Vogldreck.

Grantig bedient d’Eva im Biergartn.
Sie g’hört ned zu die bsonders Zartn.
  G’reizt kimmt s‘ scho ang’ruckt
  an ihr Brust hot s‘ zehn Maß druckt
und belfert zornig: *„Könnst ihr net wartn?“*

Wia geht’s dem Bayer ohne Bier?
Er leid’t wia a ang’schossns Tier!
  Er kann’s oafach ned fassn,
  fühlt se genauso verlassn,
wia a Lederhosn ohne Hosntür.

Vui Leit ziagt's Oktobafest magisch an.
Steckerlfisch essn und Reitschui fahrn
sogar alkoholfrei zuaprostn
oda a ganzes Hendl vakostn.
Wichtig! Es Lebkuachaherzerl füa dahoam!

Kimmt ma andudelt vom Oktobafest,
hoaßt's: *„Der is heit auf da Wiesn g'west."*
En Lukas hot a g'haut,
auf d'Bavaria naufgschaut.
Aba d'Susi, sei Wiesn-Gspusi, war es Best!

Scho seit Wochn geht d'Vroni ned fuat.
Isst bloß Gmüas, Reis und fettarms Joghuat.
Muich und auch a Hafaschleim
duan s' neiadings genauso gfrein.
Zwoa Zentna Gwicht. D'Vroni find't des ned guat.

Heit fahrt er amal Trambahn, da Hias.
Eng is's und genga d'Türn auf, na ziagt's.
Er tritt auf'n Fuaß von am Mo,
der plärrtn glei grantig oo:
*„Beim Stachus steigst aus, ned auf mei Füaß!"*

Da Lenhard hot an Strauß Rosn dabei,
Die wui er dahoam schenkn seim Wei'.
*„Du host wohl a schlechts Gwissen*
*und wirst ma was beichtn müssn!“*
*„Wennst des moanst, is mit Bluma aus und vorbei!“*

Ganz innig ko ma se bloß küssn,
wenn alle zwoa des oane wissen:
Vorher koan Knoblauch essn,
sonst kannst es schnabeln vagessn.
Gschamig hot's Lenerl drum hoamgeh müssn.

Da Vinzenz geht in a Haarboutique.
A Brusthaar-Toupet is sei neues Glück.
Wos moant wohl auf d'Nacht mei Bawett
zu der schwarzg'locktn Brust im Eh'bett?
*„Do liegt ja a Aff' herin! Host du an Tick?“*

Am Stammtisch sagt da Friedl zum Jo:
*„Da Wastl is von dahoam auf und davo!“*
*D'Frau von deim Schwoga,*
*sagt er, die mog a.“*
Sei Frau moant dazua: *„Mei, bin i froh!“*

Da Gustl geht oft in die gmischte Sauna.
Do werda zwar koa bisserl ned brauna,
doch imma des Bauchei'ziagn,
wenn nackade Nixn vorbeimaschian,
is gsund und hoitn in bester Launa.

Traum**frau** is oane, wo auf ihrn Mo hört
und lebenslang Abspülfreiheit beschert.
Traum**mann** hot an Waschbrettbauch
und 's Kindawagerl schiabta auch.
Doch a Traum in da Nacht is halt nix wert!

Da Niels kimmt vo ganz drobn im Nordn.
Zuschauer beim Kartenspui is a wordn.
*„I spui mit da Altn, da Blaua, da Bumpl."*
*„Wat bedeutet det, sachma Kumpl?"*
*„So nenna mia die Schafkopfspuikartn!"*

Es Hannerl arbat und schwitzt auf am Feld.
D'Wiebke is auf Safari füa vui Geld.
Es Hannerl g'freit se wenn's Winta is.
D'Wiebke aa, aba in St. Moritz.
San doch recht vaschiedn, d'Leit auf da Welt!

Alle Leit von da Priener Molkerei
san heit auf Betriebsauflug und ham frei.
Ummasunst wird gess'n und drungn,
vielleicht aa a nei's Gspusi gfundn.
Am andan Tag aba: Alles aus und vorbei!

Da Jackl und sei Bärbl san in Bibione.
Narrisch hoaß is, trotz oben ohne.
Geh' ma nei, drin wird's klappa
es Reisemitbringsl z'macha
füa d'Eltern. Endprodukt: Enkelsohn!

Da Xaver hot wieda a neies Gspusi.
Aufn Soziussattl hockt er sei Susi.
Weil er s' dauernd anschmacht'
hot er's Warntaferl ned beacht'.
Motorradl hi! Beide Krankenhauslogi!

No vui liaba als alle Madl
hot da Anderl sei Elektro-Radl.
Des bringtn auffa,
ohne vui schnaufa,
in d'Höh und stärkt aa no sei Wadl!

Füa Porschefahra is a Kleinigkeit
z'erlebn den Rausch der G'schwindigkeit.
Zwoahundatfuchzg Sachn
kannst do spielend machn.
Risiko: Nächsta Stopp Ewigkeit!

Da Adam steht im Paradies
und woaß garned wia eahm is.
Hot ohne schlecht's G'wissn
in da Eva ihrn Apfl 'bissn.
Vom Paradies alle zwoa man vastieß.

An neia, kloana Erdnbüaga
hot auf d'Welt 'bracht di Sophia.
Den druckn übahaupt koa Pflichtn,
bloß drinkn und sei G'schäft varichtn.
So a liab's Buzzerl war no nia da.

A Spaziagang im Dachauer Moos
i sog's eich, ihr Leit, da is was los!
Torfgräbn übawindn,
a Moorleichn findn.
Doch d'Chance füa's Letzt're is ned groß!

Der Herr Lehra heit in da Schui
erzeugen von Wärme erklären wui.
*„Reibt's d'Händ fest ananand.*
*Hot d'Wirkung scho oana g'spannt?"*
*„Schwarze Würschdln gibt's und des ganz vui!"*

Da Toni find't sein' Hausschlüssel ned
Beim Eingang moant'a, hot a'n hinglegt.
Gsuacht wird selbst im Gartn hintn.
Um's V'reckn is a net zum findn.
Beim Hausputz taucht a auf im Zimmereck!

Bei am G'witta wo's küblweis runtamacht
war da Poidl untawegs in tiafa Nacht.
Hot scharf bremsn müssn,
und es Steia rumg'rissn.
G'hört hot er bloß no wia's narrisch kracht.

Wenn se oam nix in Weg einistellt,
am Hosntürl da Reißvaschluss hält,
da Combjuta nia streikt,
ma koa Prüfung vageigt,
na hoaßt des: Saijenz-Fiktschn-Welt.

A Marsmensch kimmt auf d'Erdn runta
und findt's hier vui scheena und bunta.
  Drobn nur a Melange
  aus Rot und Orange.
Die Farbenpracht hier: Was füa a Wunda!

  Gehst im Fasching in Minga weg,
  wirst von der „Gaudi-Influenza" angsteckt.
    Da hupfn s' rum
    Deandl und Buam.
  Sogar Breissn jagt ma ned weg!

Faschingswunsch: Die Luftballonzahl
wo an da Deckn hängt im Saal,
  die Menge von Konfetti
  wo's auf d'Köpf runtaregnet,
sovui Bussl hätt heit gern, da Karl!

  A jeda Mensch wo tanzt und lacht
  is koana, der wo Schadn macht.
    Drückt's fest eia Gspusi
    im Takt von da Musi
  und geniesst's die pfundige Faschingsnacht.

Jetz hot s‘ an End die Faschingszeit.
So les ich’s im Kalenda heit.
Vorbei Alaaf und Helau.
Die Zeitn werdn wieda rau.
Sexy Vamps tragn jetz a Alltagskleid.

Lang brezelt es Veverl sich auf.
zum Schwoofn geht’s heit aus’m Haus.
‘em Wastl wui s‘ gfoin,
denn sie hätt gern woin,
dass er s‘ herzt und obusselt drauß‘.

Dass da Gustl duat an Blick auf mi werfa,
moant d’Pia, muass i mi oziagn vui schäfa.
Hohe Schuah mit Bleistiftabsätz,
a Miniröckerl dass’s grod so fetzt,
nacha werd i gwiss sei Schatzl sei derfa.

Wenn da Dreizehnte a Freitag is,
fühlt se da Schorsch imma ganz mies.
Es is eahm a Graus,
denn überall drauß,
lauern Tod und Gefahr ganz gwiss!

Es kloane Sepperl rennt zur Oma.
Ganz herzzareissnd woant a
*„Da Babba hot en Finga ei'klemmt!"*
*„Des is doch koa Grund dass ma flennt!"*
„*Z'erschd hob i aa g'lacht!*", moant a!

Wemma d'Sprach ned guat duat sprechen,
na nennt ma sowas radebrechen.
Doch Leit wia dem Carell
duat ma trotzdem schnell
höchste Fernsehgagen blechen.

A Heimatforscher aus Polen
lernt in Bayern beim Plattltanz johlen.
Dazua wird unsanft
laut auf'n Bodn g'stampft
und g'klatscht auf Schenkl und Sohlen.

Mit Standlicht fahrn im dichtn Nebl
und des mit Vollgas, duan bloß Blädl.
Zwoa davo war'n so deppert.
Jessas na, wia hot's do g'scheppert.
Neig'rennt ham's alle zwoa ihrn Schedl.

In da Früah zünftige Musi hörn
daat da Franzl gar zu gern.
  Aber *„Ihr Baby bleibt froh*
  *mit Pampers am Popo!“*
Bloß Werbung! Narrisch kannst werdn!

  An jedn gfreit die Starkbierzeit.
  Ozapft is! Auf geht’s ihr Leit!
    *Halt‘s eich ned zruck,*
    *trinkt’s Schluck auf Schluck,*
  *Erst in am Jahr is wieda soweit!*

Auf’m Hoamweg im Mai is g’wesn.
Do hot mi a Sauviech derb gstessn.
  Hingfalln und wia i fliag,
  hob i an neia Renna griagt.
Is des vielleicht da Maibock g‘wesn ??

  Auf seine vier Buachstabn sitzn,
  übam Kreizworträtsl schwitzn,
    Roman von Zola?
    Natürle: „Lola“!
  „Nana“ fallt oam ned ei, bei der Hitzn.

Ob Volksfest, Wiesn, Schützenfest
überalln is ma dabeigewest.
Zuckawatte, Magenbrot,
vom Karusselfahrn halba doot.
Vui Maß hot‘s dann braucht, dass ma se tröst‘.

Wia’s Riesenrad am höchstn steht,
Antriebsschaden! A Stund nix weida geht.
Da Max und d’Liesl druckn se recht!
Drei Monat drauf wird’s ihr oiwei schlecht.
Sie schwört, dass sie nie mehr Riesenrad fährt!

In Altbayern gibt‘s koan Frühling ned.
Do wird vom „Lanks“ oda „Auswärts“ g’redt.
„Lanks“ = Lenz, „Auswärts“
= zum Sommer naus geht’s.
Kaum oana selle Ausdrück no vasteht.

Früha hot’s bloß oamal im Jahr
an kurzn Urlaub gebn und des is wahr!
Heit san‘s ganz vui Wocha.
Wos soi ma do bloß alles macha?
Ob’s ohne Freizeitstress doch scheena war ??

Scho in da Schui wird dir gelehrt,
dass se unsa Erdn dreht.
  Stimmt aba ned!
  Weil im Gartnbeet
dann's Umgrabn wegfalln däät.

Beim Einkauf in da Stadt zuckst z'samma.
Is's Wahrheit oda duast du traama?
  Zwoa braune Stangerl Petasiel
  kostn drei Euro, wemmas wui.
Do übakimmt dich groẞa Jamma!

Englischer Rasn wachst beim Bene.
Nur grün siehgst und kao oanzigs Bleame.
  Zum Schneiden daat a am liebstn
  a Naglschere benützn.
Fuchsdeifelswuid is da wordn, sei Lene.

Vui genga heit auf weite Reisn
Weltläufigkeit wolln s' so beweisn.
  Vastehn duan sie dort
  koa oanziges Wort
und da Magn kimmt net z'recht mit de Speisn!

*„Guat schaung s‘ aus, Frau Nachbarin!“*
*„Z’ruck samma grad von Sardinien!“*
*„Schee braun san Sie aba aa.*
*Wo waren Sie denn da?“*
*„Im Münchner Dantebad war ma drin!“*

Wennst a Wendltreppn naufsteigst
und gwampert bist und ziemle feist
und froh und munta
kimmt was Analoges runta,
brauchst oan, der erste Hilfe leist‘!

Auf’m Hof gab’s früha a Baulichkeit,
total verschwundn is die heit.
Nebn da Mistgrubn
stand s‘ in da Gegnd rum:
Ein Herzl-Häusl samt g‘lochta Sitzgelegenheit.

Es gibt vui Artn von Reisn:
Vergnügungs- oda Gschäftreisn
Bus- und Bahnreisn,
Studien- und Fernreisn
und leida aa no: Saup-reissn!

Nach'm Urlaub woaß ma oft nia:
Wohin mit dem neia Souvenir?
  Zum Koala-Bär hinstelln?
  Naa, an Soloplatz duat ma wähln.
Do wird d'Venedig-Gondl zur Zier!

Alle leucht's in Bayern ein:
In jed's Dorf g'hört a Gsangverein!
  Doch ob Tenor oda Alt,
  am End ziagt's mit G'walt
den Chor imma ins Wirtshaus hinein!

In am Bauerndorf dann und wann,
passiert's, dass ma ned ausweichn kann
  wemma Kuhfladn begengd,
  wo auf'm Weg san glegn.
Greislich stinkt's ganze Schuahwerk dann.

Da Bauer Jackl möcht' im Stall
vagrößern seine Viechazahl.
  Da Dokta hot im Rucksack
  den Sama aa glei mit'bracht.
„Rucksackl-Stier" nennt ma ihn überall!

In Bayern gibt's als Leibspeis
Schweinsbratn mit Knödl, wie ma weiß.
Und sogar Breissn
dean des guatheißn,
weil füa die is des ganz was Nei's.

Bist oid, na kannst da was erlaubn.
Fragt ma: *„Kennst du dein Stammbaum?"*
Sagst: *„Koana mia gla'bt,*
*a Gspräch hob i no ghabt*
*mit'm König Ludwig in Schwangau!"*

Da Andi is sakramentisch groß.
Die Höh' erlebst normal bloß zu Ross!
Als Blitzableita diena,
saufn aus da Regnrinna.
Imma die gleichn Witz' san dem Andi sei Los!

Wohnst in da Stadt so mittndrinna,
kannst dem Gedudl ned entrinna.
Nach da Harmonika
is oana mit da Geign da.
Wos füa a Glück: Der muass sie erst stimma!

Mei Gspusi Bärbl wui mi bsuacha.
I putz dahoam und kaff an Kuacha.
Da leit's Telefon. *„Mei Mo"*,
sagt s'*„is z'ruck und wieda do!*
*Jetz' muasst halt an andan Tag suacha!"*

Imma hoaßt's: „Da Kunde is König!"
Doch leida g'spüat ma des oft wenig.
Grantig moant die Metzgafrau:
*Naa, Flachsn hot sie ned mei Sau!*
*Sie war halt bloß a bisserl sehnig!"*

Im Supamarkt a lange Schlang'.
G'reizt steht da Ferdl hintn dran.
An da Kass' sagt oana:
*„Moment i hab's kloana!"*
Umdraht g'hört dem Kerl da Kragn!

Da Bertl find't wieda koan Schlaf.
Es huift eahm aa koa oanzigs Schaf.
Weil er koa Lust hot auf Zähln,
duat er se d'hoibe Nacht quäln.
Müad und daschlagn steht er aaf.

Der Willi sollt werdn kunstbeflissn.
Theata und Musik hot er müssn,
fast jedn Tag,
aa wenn a ned mag,
imma höchst lustvoll genießn.

Wird die Mondscheinsonate g'spuit,
macht's den Edgar fuchsdeifelswuid,
wenn mitn in den erstn Satz
oana mit Huastn einaplatzt.
und er's pianissimo nimma fühlt.

Beim Vinzenz, hoaßt's, kimmt's achte Kind.
Da oane sagt's dem andan gschwind.
Und beim Untawirt druntn
macht's aa glei'die Rundn.
Wahr is dran bloß, dass des ned stimmt!

Da Ignaz is a komischa Kauz.
Dahoam schaut's bei dem greislich aus.
Oide Schuah und Kleida,
Blechdosn, leere Kuglschreiba.
Alles wos a kafft liegt rum im Haus!

Im Wald spaziern is imma schee.
Do siehgst Reh und Hasn steh.
   Aba wenn a Hundehalter
   dir zuaruft; *„Der macht gar nix, Alter!“*
Wär's dir liaba sei Hund wär a Reh!

Zu am b'sondern Menschenschlag
g'hörn d'Schwammerlsuacha ohne Frag.
   Es Körberl füllt se,
   doch Fliegenpilze
duan s‘ ned nei, weil die koana mag!

Wia da Wuidara-Toni in den Wald kam,
stoßt er mit dem Förster seim Hund z'samm.
   Der Hund beißt zua,
   sei Herr sagt voll Rua:
*„Der Hund werd scho sein Grund ham!“*

In Passau steht am Straßnrand
a Deandl mit am sexy Gwand.
   Gwiss suacht s‘ an Freia,
   an Breiss oda Bayer.
Geld füa Sex is füa sie koa Schand.

Da Max trifft in da Hintergassn
an oidn Schuifreind; nicht zu fassn!
Im Gedächtnis duat a krama
Wia war glei wieda dem sei Nama?
I werd' eahm oafach a „*du*" vapassn!

A boarischa Spruch hängt im Zimma
Wennst neigehst siehgst ihn imma.
Als weiser Rat
füa a guade Heirat:
„Bis Vierzge net und ab Vierzge nimma!"

Den oidn Brauereigaul packt da Grant
und renna könnt' er an a Wand:
*„Des muaß a Irrtum sei.*
*Auf sowas lass i mi ned ei!*
*Füa's Milchwagerl ziagn wird ned eigspannt!!"*

*„Im Advent trink i fünf Weißbier pro Tag."*
Sagt da Sepp *„Was mei Alte ned mag!*
*Seitdem red't sie hier*
*koa Wort mehr mit mia.*
*Und endlich is die staade Zeit da!"*

In da Trambahn hockn oft vui Leit.
Genauso war's aa wieda heit.
    Selbst im Mittlgang
    rucka s' eng z'samm.
Geldbeitl sichern is da g'scheit!

    Da Huaba Bauer hot oft sinniert
    und dabei auf sei Frau hing'stiert.
        Obwohl ihr vui Zähn' fehln,
        kann er gar ned vastehn,
    dass sie allerweil bissiger wird!

Im Urlaub wui da Fred entspanna.
Sein Schauklstuhl duat a herrama.
    Mit daliegn fangt a an,
    dann is reläksn dran.
Dritte Woch' vielleicht mit Schaukln ofanga.

    Zwoa Beamte sitzn scho a Zeit,
    in ihra Amtstubn brettlbreit.
        Es Telefon
        klinglt zehn Minutn schon.
    Sagt oana: *"Vui Geduld ham doch d'Leit!"*

A Einschreibbriaf muaß wegbracht werdn.
Sowas duat da Girgl garned gern.
   Vor eahm am Schalta
   fragt und fragt a Alta.
A hoibe Stund muaß er sei Fragn anhörn.

   Lang war der Bertl nimma da.
   Zum Stammtisch geht a, des is klar.
      Sei Mundwerk steht ned still.
      Koana ihn mehr hören will.
   Wär er doch wegbliebn no a paar Jahr!

D'Zenzi und d'Fanny ratschn am Telefon.
Gar vui ham se die zwoa zum Sogn.
   Am End hoaßt's: *„Liabe Grüß!"*
   Wia aufglegt is: *„Du oide Bix!"*
Und d'Fanny sagt: *„Du bläde Schnoin!"*

   Dem Sepp sei Gockl steht ganz obn
   stolz auf dem Mithaufa drobn.
      Glei beim Hellwerdn
      kannst sei Kräh'n hörn.
   Füa Urlauba oft a Grund zum Klogn!

Schaugst in klarer Nacht zum Himme nauf,
kannst Sterndl sehn grad zu Hauf:
  Löwe, Steinbock, Bär,
  Waage und Widder.
Zu so scheene Sternbuidl führt ihr Lauf.

Die Wally is fesch und munta.
Aba plagn duat sie goßa Kumma:
  Flach wia a Brett,
  find't sie koana adrett.
Drum wär sie gern obenrum runda.

Es allererschde Mal im Lebn
war da Xaver in da Sauna zum sehn.
  Die nackatn Leiba
  von all dene Weiba,
lassn in seim Hirn Gelüste entstehn.

In da Bar hockt scho seit Stundn,
zahlt oane um die andre Rundn,
  da Schorsch wie gelähmt,
  weil a sich schämt.
An Schatz hot a wieda ned gfundn!

Im Frühling, da ist's wundaschön,
wenn die zartn, warma Lüfterl wehn
und dia im Buchnwald,
des erschde gräane Blatt auffallt.
Ihr hellichtzartes Grün bleibt bloß 10 Tag bestehn!

Im Frühling san aa d'Störche z'ruck.
Tiaf im Süden ham se sich rumdruckt.
Von obn haltn s' Ausschau
und lafft druntn a Frau,
is es gscheit, wenn die sich wegduckt !

In da Früah d'Aigerl aufmacha,
den neia Tag anlacha,
a Häufl hintalassn,
kämma und waschn,
dann Kaffee zum Energie entfacha.

Mei, hot des heit wieda a Hitz!
I karamellisier', ohne Witz!
Seit gestern schlaf i schon
drauß auf mei'm Balkon.
912 Mückn machtn auf mia: „*Sitz!*"

Inquisitorisch hot da Pfarra g'fragt
es kloane Sepperl, ob's aa Madl gebn hat
    beim Baden im Weiher
    und aa an da Feier.
*„I woaß ned, mi warn ja alle nackt!"*

Es gibt a Krankheit, d'Lotteritis".
Wennst von dera befalln bist,
    duat dei ganz' Denka
    a Tromml lenka
und wartn kannst kaum bis Samstag is.

Trinkt dei Onkl gern an guadn Wein,
na hoaßt's: Imma vorsichtig sein!
    Nia a falsches Wort redn,
    ihm imma Recht gebn,
sonst trinkt a sein guadn Wein allein!

Da Albert wird vom Dokta g'fragt
wos a eher aufgebn daat:
    Wär'n des d'Weibaleit,
    oda's Weindringa ab heit.
Auf'n Jahrgang käm's an, hot a gsagt!

Christian und d'Vroni, sei Frau,
ham a Bio-Ladl in Aschau
Für echte Vegis
gibt's Tofu und Erdnüss'.
Für andre Fleisch von der Bio-Sau!

Dass es Geschäft so guat geht
und man dort oft Schlange steht,
hätt koana nia denkt.
Aber es schränkt
leider ein, was ihr Freizeit angeht!

Mit seim Buam geht da Papa zum Zoo.
Es kloane Maxl macht des sakrisch froh.
Getrennt durch an Zaun,
gibt's vui zum schaung!
Da Papa dringat liaba Bier im Bistro!

Wemma koa kloane Kinda ned hat,
bringt des in manche Familie Krach.
A Pinscherl muass her.
Leider kläfft der gar sehr.
Streit schnell im ganzen Haus ausbrach.

Extra Bavariam non est vita !
Et si est vita, non est ita.
  Zwoa scheene Sätz,
  die geltn no jetz!
Da Höcherl hot‘s gsagt imma wieda.

(*Außerhalb Bayerns gibt es kein Leben!*
*Und wenn es Leben gibt, ist es nicht das Gleiche!*
Höcherl war CSU-Bundesminister von 1961-1969)

Am Schluss, ihr Herrn und Damen,
sag i: „*Bfüagood beisammen!*“
  Und jeda Bayer kennt,
  erst dann hot’s wirklich an End,
wenn er sagt:

***"Aus – Äpfl – Amen!“***

(Bfüagood: Behüte euch Gott)

~ ~ ~ ~ ~ ~ ~ ~

## Lesetipp

(vom selben Autor verfasst)

**Ein guter Stolperer fällt nicht**

– Eine Familiensaga aus dem 20. Jahrhundert –

ISBN 978-3-86468-356-5

In dem Buch habe ich - oftmals mit viel Augenzwinkern - niedergeschrieben, was bei meinem Vater (Jahrgang 1904) und bei mir (Jahrgang 1939) im zwanzigsten Jahrhundert so alles abgegangen ist.
Zahllose zeitgeschichtliche Dokumente, sowie die Verknüpfung der Biographien mit den politischen und gesellschaftlichen Zuständen und Zwängen in diesem 20. Jahrhundert, gewähren tiefe Einblicke in das Denken und Handeln der Menschen dieser Epoche.

**Haus Wittelsbach und Pfalz - Gott erhalt's**

ISBN 978-3-96014-410-6

Für dieses Buch habe ich alle jene Angehörige des Hochadelsgeschlechts der Wittelsbacher genauestens unter die Lupe genommen, die - aus der Wittelsbacher Stammlinie und weiteren elf Nebenlinien kommend - von 1214 durchgehend bis 1918 die Regierungsgewalt in der „Pfalz bei Rhein“ ausgeübt haben. Eingebettet in die historischen Geschehnisse begegnen einem die jeweiligen Regenten mit all ihren Stärken und Schwächen, ihren Lebensgewohnheiten, ihren Eigenarten, Liebschaften, euphorischen Momenten und auch mit ihren seelischen Bedrängnissen.